AF403253

ALEXANDRE ET APELLE,

COMÉDIE HÉROÏQUE

EN UN ACTE ET EN VERS LIBRES,

PAR M. DE LA VILLE DE MIRMONT;

Représentée pour la première fois, par les Comédiens Français ordinaires du Roi, le 29 avril 1816.

Prix : 1 fr. 50 c.

PARIS,

CHEZ LOUIS VENTE,

LIBRAIRE DES MENUS-PLAISIRS DU ROI,

ET DES SPECTACLES DE SA MAJESTÉ,

Boulevart des Italiens, Nº. 7, près la rue Favart.

1820.

PERSONNAGES.	ACTEURS.
ALEXANDRE.	M. Damas.
APELLE.	M. Michelot.
CAMPASPE.	Mlle. Leverd.
EUDORE, jeune Élève d'Apelle.	Mlle. Bourgoin.

La scène est à Ecbatane, dans le Palais d'Alexandre.

ALEXANDRE ET APELLE.

Le théâtre représente l'atelier d'Apelle.
Entre autres tableaux, on doit remar-
quer le portrait de Campaspe et une
famille de Darius (ou le portrait
d'Alexandre.)

SCÈNE Ire.

EUDORE.

(Il entre avec précaution, et regarde si
Apelle n'est pas dans son atelier).

Apelle est sorti ! bon ! je puis en son absence
  Tout voir et tout examiner.
D'entrer ici pourtant il m'a fait la défense.......
  Oh ! je suis las de dessiner !
Se reposer un peu, n'est pas un mal, je pense.
  Que ce pays est ennuyeux !
Ah ! j'en veux beaucoup à mon maître

D'avoir quitté , pour venir en ces lieux,
Le climat si délicieux
De la Grèce qui nous vit naître.
Oui , cette Perse est un triste séjour.
Nous sommes logés à la cour,
Le grand Alexandre nous aime,
Il vient en ces lieux chaque jour;
Sa bonté pour nous est extrême;
Et cependant...... Allons , occupons nos momens,
Et que les jours passés dans cette solitude,
S'ils sont perdus pour nos amusemens,
Tournent du moins au profit de l'étude.

(Il examine les tableaux.)

C'est bien beau d'avoir du talent !
De savoir peindre comme Apelle !
D'Alexandre vraîment la pose est noble est belle ! (1)
Quel air guerrier ! quel œil étincelant !
Et puis Campaspe ! oh ! comme elle est jolie !
Je pense qu'Apelle s'oublie
En contemplant ce visage enchanteur;
Jamais il ne peignit avec tant de lenteur.
Plongé dans la mélancolie
Depuis qu'il a commencé ce tableau,

---

(1) *Si le tableau représente une famille de Darius , il faudra substituer les vers suivans :*

Parmi tout ce peuple tremblant,
Dans sa douleur que cette femme est belle !
Comme Alexandre à l'espoir la rappelle !
Que son regard est consolant !

Souvent il lui parle, il l'admire,
D'autres fois il pleure, il soupire,
Il jette sa palette et brise son pinceau.
Sans cesse il efface, il retouche,
Recommence les mêmes traits :
Il a refait vingt fois, les yeux, le nez, la bouche :
Il travaille toujours et ne finit jamais.

SCÈNE II.

APELLE, EUDORE.

APELLE.

Que faites vous ici ?

EUDORE.

Mais....

APELLE.

Parlez.

EUDORE.

J'étudie.

APELLE.

Quoi ! vous étudiez.

EUDORE.

Mon cher maître, j'ai cru....

APELLE.

Est-ce là votre place?

EUDORE.

Et quel mal, je vous prie,

De regarder. .... ?

APELLE.

Je vous ai défendu
D'entrer ici : vous m'aviez entendu.

EUDORE.

Vous savez combien je vous aime :
Ne me grondez pas.

APELLE.

Taisez-vous.
Je vous connais ; cet air naïf et doux
Ne saurait me cacher votre malice extrême.
Si je quitte un moment ces lieux,
Vous furetez partout, rien n'échappe à vos yeux,
La curiosité vous presse ;
Quand je rentre, un mensonge avec art apprêté
Vient excuser votre paresse,
Et par une feinte caresse
Vous abusez de ma facilité.

EUDORE.

Mon cher Apelle, mon bon maître,......

APELLE.

Ne l'avais-je pas dit? Allez, tous vos détours
Ne me séduisent plus ; j'ai su les reconnaître.

EUDORE.

Ciel! pouvez-vous me tenir ce discours!
Quoi! vous doutez de ma tendresse!
Vous étiez autrefois si bon!
Je le vois bien, quelque chagrin vous presse ;
Car vous avez changé de conduite et de ton.

APELLE.

Ah! pardonne, mon cher Eudore.
Pardonne mon humeur toujours prête à s'aigrir!
Un tourment affreux me dévore,
Tout m'importune et tout me fait souffrir!
C'est moi seul, c'est moi que j'abhorre;
Va, je n'ai pas cessé de te chérir.

EUDORE.

Ah! puisque vous m'aimez encore,
Votre tourment peut se guérir.

APELLE.

Jamais, jamais!

EUDORE.

Quel sinistre présage!
Mais je prétends vous gronder à mon tour.
Mon ami, vous n'êtes pas sage;
Vous souffrez, et dans tout le jour
A peine un seul instant vous quittez votre ouvrage.

APELLE.

Il le faut bien!

EUDORE.

Non; c'est mal entendu.
Il faut d'abord vous guérir au plus vîte,
Et vous pourrez songer ensuite
A réparer le tems perdu,

APELLE.

Combien ton amitié m'est chère!

EUDORE.

En ce cas, laissez-moi donc faire.

Je veux tenter tous les moyens,
Tout essayer pour vous distraire ;
Soins, tendresse, jeux, entretiens.
Je combattrai par ma folie
Cette sombre mélancolie,
Ce noir chagrin qui vient vous dévorer.
Si ma gaîté sur vous n'a plus d'empire,
Si je ne puis vous faire rire,
Je tâcherai de vous faire pleurer.
Je parlerai de votre bienfaisance,
Qui de mon jeune âge a pris soin ;
Je prendrai les dieux à témoin
De ma vive reconnaissance ;
Je les prierai de veiller sur vos jours,
D'en prolonger, d'en embellir le cours,
De dissiper votre souffrance ;
Mon amitié touchera votre cœur,
Oui, pour vous elle aura des charmes ;
Enfin, si je ne puis vous rendre le bonheur,
Du moins, en vous faisant verser de douces larmes,
J'endormirai votre douleur.

APELLE.

Cher enfant ! oui, c'est toi qui consoles Apelle !
Oui, par ta voix mon tourment est calmé !
Hélas ! sans toi, dans ma peine cruelle,
J'ignorerais le bonheur d'être aimé.

EUDORE.

Ce mal que vous souffrez ; qu'est-ce donc qui le cause ?

APELLE.

Mon ami, parlons d'autre chose.
Ton dessin est-il terminé ?

EUDORE.

Pas tout-à-fait encor; mais il ne s'en faut guère.
C'est le nouveau sujet que vous m'avez donné:
Apollon, poursuivant Daphné;
Vous serez content, je l'espère.

APELLE.

Eh bien, va le chercher.

EUDORE.

J'y cours..... Vous allez voir
Comme Apollon au désespoir,
Sur les pas de Daphné court et se précipite;
Comme la Nymphe avec frayeur l'évite;
Comme il lui tend les bras, et cherche à l'arrêter;
Et puis..... Mais non, je me ravise.
Je ne veux plus rien vous compter,
Afin de ne pas vous ôter
Tout le plaisir de la surprise.   (*Il sort.*)

APELLE (*seul.*)

Apollon poursuivant Daphné !
Quel rapport ! par l'ingrate il se voit dédaigné !
Il l'adore, elle le méprise !
O dieu des arts, trop malheureux amant,
Toi qui ne pus fléchir la fille du Pénée,
De brûler sans espoir tu connus le tourment;
Prends pitié de ma destinée,
Et sauve-moi d'un tel égarement !

EUDORE (*en rentrant*).

Tenez, mon bon ami, voyez, je vous en prie.
Qu'en dites-vous ?

APELLE.

Je dis que cela ne vaut rien.

EUDORE.

Comment donc ?

APELLE.

Le dessin est correct, j'en convien ;
Mais point de chaleur, point de vie ;
De la douleur et de la passion
Je ne vois pas ici la vive expression.
Il fallait qu'on pût reconnaître,
Dans tous les traits du dieu du jour,
La trace de l'ardent amour
Qui de son cœur s'es t rendu maître.
Il fallait que sa pose exprimât à-la-fois
Le trouble, le désir, l'espérance et la crainte ;
Que dans ses yeux son âme fût empreinte ;
Qu'on sentît ses efforts, qu'on entendît sa voix ;
En un mot , il fallait que ton crayon fidèle,
Et par la vérité conduit,
Fît voir que la nymphe cruelle,
En fuyant emporte avec elle
Le cœur du dieu qui la poursuit.

EUDORE.

Je ne vous comprends pas.

APELLE.

Ton âme est donc stérile ?
Tu n as donc pas 'cef eu , ce germe des talens....

EUDORE.

Je ne peux pas être encor bien habile ;

Je dessine depuis trois ans :
Ce n'est pas trop.

APELLE.

En effet, à son âge,
Des passions le cœur est garanti,
Il n'en connaît pas le langage ;
Et pour peindre l'amour, il faut l'avoir senti !

EUDORE.

Mais, qu'est-ce que l'amour ? dites.

APELLE.

Mon cher Eudore,
Puisses-tu l'ignorer toujours !
Puisse ce feu qu'on chérit, qu'on abhorre,
Ne pas empoisonner tes jours !

EUDORE.

Soit ; mais, pour l'exprimer, je dois pourtant connaître
Ce qu'on sent quand on en est là.
Ne me cachez rien, mon cher maître ;
Voyons, expliquez-moi cela.

APELLE.

Séparé de celle qu'on aime,
Rien ne distrait le cœur, rien n'attire les yeux,
Un voile épais semble couvrir les cieux ;
La nature n'est plus la même,
L'air est moins pur, le jour moins radieux.
Ce qui plaisait n'a plus de charmes ;
On soupire, on verse des larmes ;
Sans cesse l'on est dévoré
Par l'ennui, par l'inquiétude

Au milieu des amis dont on est entouré,
Au sein des plaisirs, de l'étude,
L'absence accable un cœur désespéré,
Qui loin de l'objet adoré,
Trouve partout la solitude.

EUDORE.

C'est singulier ! mais un amant
Auprès de celle qui l'enflamme,
Comment exprime-t-il le trouble de son âme ?
A quoi reconnaît-on en lui ce sentiment ?

APELLE.

Hélas ! son courage se glace ;
Il balbutie, il s'embarrasse ;
Il ne peut fuir, il ne peut approcher ;
Il augmente son trouble en voulant le cacher.
Ses traits, ses mouvemens décèlent la contrainte,
Il rougit, pâlit tour à tour ;
Ses regards sont tantôt enflammés par l'amour,
Tantôt abattus par la crainte.
Au lieu de cet aveu qu'il voulait hasarder,
Dans cet instant, objet de son envie,
Il rêve, il est distrait, il n'ose regarder
Celle de qui dépend le destin de sa vie.
S'éloigne-t-elle, alors seul avec sa douleur,
Il regrette en vain le bonheur
Qu'aurait dû lui causer une si chère vue.
Hélas ! il n'en a pas joui,
Et n'en connaît bien l'étendue
Que lorsqu'il est évanoui.

EUDORE.

Je vous comprends, mon cher Apelle,
Je vois que ce dessin manque d'expression ;
Mais je sais maintenant où trouver un modèle
Pour animer mon Apollon.

APELLE.

Et qui t'en servira ?

EUDORE.

Vous.

APELLE.

Moi?

EUDORE.

Vous, mon cher maître.
Votre discours vient de m'ouvrir les yeux.
J'en suis certain, vous êtes amoureux,

APELLE.

Amoureux ! et de qui ?

EUDORE.

C'est facile à connaître;

De Campaspe.

APELLE.

Tu peux....

EUDORE.

Sans doute ; le portrait
Qu'en ce moment vous avez fait,
Du trouble d'un amant, de son désordre extrême,
Est justement tracé d'après vous même,
Et je vous ai d'abord reconnu trait pour trait.

APELLE.

Sortez.

EUDORE *(à part en sortant)*.

Cela le contrarie.
J'ai deviné, je le parie.

SCÈNE III.

APELLE *(seul)*.

Ai-je pu me trahir ! se peut-il qu'un enfant
Ait pénétré le sentiment
Que j'aurais tant voulu me cacher à moi-même !
Hélas ! il est trop vrai que j'aime !...
Que dis-je ? malheureux ! qui ? moi,
Je trahirais mon bienfaiteur, mon roi !
Non, Alexandre, non; ton cœur noble et sensible
Méritait un autre retour....
Je saurai vaincre mon amour.....
Le vaincre !.... Hélas, il ne m'est plus possible !
En vain j'ai voulu le tenter,
Tous mes efforts ont resserré ma chaîne;
Un fatal ascendant m'entraîne,
Et ma vertu ne peut lui résister.
Oui, contre moi tout s'unit, tout conspire;
Lorsque Campaspe est en ces lieux,
L'air embrâsé que je respire
Me pénètre de mille feux;
Quand je suis seul, sa séduisante image

Entretient mon amour et reçoit mon hommage;
Ses yeux charmans sur les miens sont fixés,
Sa bouche semble me sourire,
Et tout entier à mon délire,
Je conçois, je nourris des désirs insensés!....
Ah! fuyons...., écoutons le devoir qui m'apelle !
C'est peu que mes travaux, admirés en tous lieux,
Portent mon nom chez nos derniers neveux,
Il me faut obtenir une gloire plus belle;
Il faut qu'on dise un jour, au souvenir d'Apelle :
Il ressentit une coupable ardeur
Pour celle qu'adorait le vainqueur de l'Asie;
Mais, renfermant ce secret dans son cœur,
Il aima mieux perdre la vie
Que de trahir son bienfaiteur !
On entre....! ô ciel! c'est Alexandre!
Son aspect m'affermit encore dans mon dessein;
Oui, c'en est fait, l'amour me parle en vain,
C'est l'honneur seul qu'il faut entendre.

SCÈNE IV.

ALEXANDRE, APELLE.

ALEXANDRE.

Eh bien, Apelle, as-tu donné
Quelques instans à cet ouvrage ?

Sera-t-il bientôt terminé ;
Et de Campaspe enfin pourrais-je avoir l'image?

APELLE.

Croyez que mes efforts....

ALEXANDRE.

Ah ! je n'en doute pas.
Excuse d'un amant la vive impatience ;
Mais ne néglige rien, que toute ta science
A mes yeux enchantés retrace ses appas.
De la vérité suis les traces ;
En vain tu voudrais l'embellir ;
En t'efforçant d'ajouter à ses grâces,
Tu ne peux que les affaiblir.

APELLE.

Mes soins....

ALEXANDRE.

J'ai tort, mon cher Apelle,
De tourmenter ainsi ton zèle ;
Mais tu dois de mes feux avoir quelque pitié.
Oui , je t'en conjure, supporte
L'amour inquiet qui m'emporte,
En faveur de mon amitié.

APELLE.

Seigneur....

ALEXANDRE.

Tu sais combien je t'aime ;
Le plaisir le plus doux pour moi,
C'est de venir auprès de toi

Oublier la grandeur suprême ;
Je ne me souviens plus ici que je suis Roi.
Oui, si mon rang, si ma puissance
Entre nous en effet ont mis quelque distance,
Ton génie éclatant la fait évanouir.
Tous deux la gloire nous enflamme,
Le beau, le grand électrisent notre âme ;
Nous travaillons tous deux pour l'avenir ;
Par ces rapports les dieux ont fait entendre
Que l'amitié devait unir
Le cœur d'Apelle et celui d'Alexandre.

APELLE.

Tant de bontés.....

ALEXANDRE.

Je fais ce que je doi.
D'innombrables lauriers j'ai couronné ma tête,
A vingt peuples divers j'ai fait subir ma loi ;
Mais t'avoir fixé près de moi,
Voilà ma plus douce conquête.
Naguère, quand du Simoïs
J'abordai l'illustre rivage,
Lorsque je portai mon hommage
Au tombeau du fils de Thétis,
J'aspirais dans mes vœux à conquérir la terre,
Et j'enviais à ce héros
La lire et les accens d'Homère,
Prix fortuné de ses travaux.
Mais les dieux, attentifs à conserver ma gloire,
Ne veulent pas que ma mémoire
Languisse dans l'obscurité :

S'ils me refusent un poète,
Ils réservent à ta palette
Le soin de ma célébrité.
Oui, tes pinceaux, guidés par le génie,
Vont remplacer pour moi la divine harmonie
Qui porte les héros à l'immortalité.
Ainsi, de Jupiter la bonté paternelle
Dispensa ses bienfaits avec égalité.
Achille, que ta gloire est belle !
Tu vivras à jamais, Homère t'a chanté !
Mais, comme moi, tu n'a pas eu d'Apelle,
Qui fit passer tes traits à la postérité.

APELLE (*à part*).

Et je le trahirais !

ALEXANDRE.

Mais, quel trouble t'agite ?

APELLE (*à part*).

Il faut parler.

ALEXANDRE.

Tu detournes les yeux.

APELLE.

Seigneur.....

ALEXANDRE.

Eh bien ?

APELLE.

Souffrez que je vous quitte ;
Permettez-moi d'abandonner ces lieux.

ALEXANDRE.

Qu'entends-je ? qu'oses-tu me dire ?
Tu voudrais t'éloigner, te séparer de moi !
Apelle !

APELLE.

Il le faut.

ALEXANDRE.

Et pourquoi ?
D'où te vient ce projet, quel motif te l'inspire?

APELLE (*à part*).

Que répondre!

ALEXANDRE.

Quelqu'un t'aurait-il outragé?
A-t-on blessé ton âme noble et fière?
Ah! quel que soit son rang, nomme le téméraire,
Et dans l'instant tu vas être vengé.

APELLE.

De votre cour je n'ai point à me plaindre.

ALEXANDRE.

A ce départ qui peut donc te contraindre?
Tu n'as rien à me reprocher?

APELLE.

Seigneur !....

ALEXANDRE.

Je t'aime, je t'honore :
Mes faveurs viennent te chercher;
Formes-tu quelques vœux encore?
Eh bien, pourquoi me le cacher?

Tu me connais , parle avec assurance.
Oui, quel que soit l'objet de ton nouveau désir,
Il ne saurait surpasser ma puissance;
Sois donc certain de l'obtenir.

APELLE.

Ah ! de tant de bonté mon âme est attendrie !
Je n'ai que trop éprouvé vos bienfaits !
Votre amitié comble tous mes souhaits.....
Mais.... j'ai besoin de revoir ma patrie.
En ces lieux, mécontent de moi, de mes travaux,
Je ne reconnais plus mes timides pinceaux;
Mon génie est éteint.

ALEXANDRE.

Tout ici te condamne ;
Tu n'as jamais produit rien de plus beau
Que ce portrait, que ce tableau,
Et tu les fis dans Ecbatane.

APELLE.

Ah ! daignez consentir....

ALEXANDRE.

Laissons cet entretien.
Lorsque pour me quitter, tu cherches une excuse,
Lorsque ton cœur à mes soins se refuse,
Je viens ici t'ouvrir le mien.
Tu connais l'amour qui m'enflamme.
Campaspe, tu le sais, a captivé mon âme,
Elle seule m'occupe, et fixe tous mes vœux;
Pour elle enfin retenu dans ces lieux,
Je néglige le soin d'illustrer ma mémoire;

Et consumant dans un honteux repos
Des jours réclamés par la gloire,
J'ai suspendu le cours de mes nobles travaux.
Eh bien, juge de ma souffrance !
Loin de répondre à mon ardeur,
Campaspe, chaque jour, semble par sa froideur
Vouloir m'ôter jusques à l'espérance.

APELLE (à part.).

Ciel ! il n'est point aimé !

ALEXANDRE.

Tu vois ma confiance,
Apelle; je fais plus, je réclame tes soins.
Ici Campaspe va se rendre;
Je te permets de la voir sans témoins.
Alors parle-lui d'Alexandre,
Peins-lui mes exploits, ma grandeur,
Tous ces peuples vaincus, heureux sous mon empire;
Peins-lui l'amour qu'elle m'inspire,
Flatte sa vanité, cherche à toucher son cœur,
Fait briller à ses yeux l'éclat du diadême;
Enfin n'épargne rien pour vaincre sa froideur ;
Et qu'un Roi, qu'un ami qui t'aime
Te doive aujourd'hui son bonheur.

APELLE.

Qui? moi! vous voudriez....

ALEXANDRE.

Elle entre !.. cher Apelle,
Tu connais mon espoir; je compte sur ton zèle.

APELLE.

Qu'exige-t-il !

*(Pendant la scène suivante, Apelle se
retire auprès du portrait de Campaspe, et
s'occupe à préparer ses couleurs et ses pinceaux).*

SCÈNE V.

ALEXANDRE, CAMPASPE, APELLE.

ALEXANDRE.

Venez, contentez mon désir,
Madame ; rendez-vous à mon impatience.

CAMPASPE.

Vous avez en ces lieux souhaité ma présence,
Et je m'empresse d'obéir.

ALEXANDRE.

Obéir ! ah ! ce mot m'offense.
J'aurais voulu qu'en ce séjour,
Campaspe, vous fussiez conduite par l'amour,
Et non pas par l'obéissance.

CAMPASPE.

Mes sentimens vous sont connus,
Seigneur. J'honore vos vertus,
J'admire vos exploits, votre ame magnanime ;
Je vous révère, vous estime ;
Mais, dans l'état où je me voi,

Captive et toute entiere au chagrin qui m'opresse,
  Ah ! Seigneur , dépend-il de moi
  De répondre à votre tendresse ?

ALEXANDRE.

Campaspe !....

CAMPASPE.

   Pardonnez, je ne puis m'en cacher.
  Vous le savez, dans ma patrie,
  Dans ces forêts de la Scythie,
 D'où vos soldats sont venus m'arracher,
  Nous nous exprimons sans contrainte,
  Nous ignorons l'artifice et la feinte;
 Jamais un geste, un regard imposteur
  Ne fit parler notre silence,
  Et chez nous la bouche et le cœur
  Furent toujours d'intelligence.

ALEXANDRE.

Du tems et de mes soins je veux tout espérer :
Oui, tant d'amour enfin vous en doit inspirer.
  Mais c'est trop arrêter Apelle,
  Souffrez que son pinceau fidèle,
 Termine enfin ce portrait enchanteur.
Je vous laisse avec lui. Campaspe, mon bonheur
  De vous désormais va dépendre.
L'estime, les respects sont trop peu pour mon cœur;
 J'ose exiger un sentiment plus tendre.
Oubliez le pouvoir et les droits d'un vainqueur,
 Et ne songez qu'à l'amour d'Alexandre.

SCÈNE VI.

APELLE, CAMPASPE.

APELLE (*à part*).

Il s'éloigne ! quel embarras !
Ah ! de cet entretien quelle sera l'issue !

CAMPASPE (*pendant qu'Apelle prépare ses couleurs.*)

Seule avec lui combien je suis émue !
Il m'aime, je n'en doute pas.
Évitons, s'il se peut, l'aveu que je redoute.
Découvrir ma secrète ardeur,
Ce serait le perdre sans doute :
Je dois savoir, quoi qu'il m'en coûte,
Imposer silence à mon cœur.

APELLE.

Madame !

CAMPASPE.

(*A part.*) Quel moment! (*Haut.*) Seigneur...

APELLE (*à part*).

Que d'attraits !

CAMPASPE.

Malgré moi, tremblante, embarrassée...

(*Campaspe est placée sur une estrade pré-
parée au milieu du théâtre ; son bras
gauche est appuyé sur une demi-colonne.*)

APELLE.

Veuillez vous approcher.... la tête moins baissée;
Bien !.... votre bras est tout-à-fait caché,
Détournez cette draperie.....
C'est cela.... le corps plus penché.....
Non..... de mon côté, je vous prie.

CAMPASPE.

Est-ce ainsi ?

APELLE.

Madame, pardon.....
Mais il faudrait un peu plus d'abandon.
Attachez sur moi votre vue.

CAMPASPE (*à part*).

O ciel ! ô funeste entrevue !
De trouble à son aspect tout mon cœur est saisi.

APELLE.

Ah ! madame, restez, restez toujours ainsi.....
Mais que votre œil soit moins sévère;
Donnez-lui plus d'expression,
Et qu'une tendre émotion
Dévoile à mes pinceaux votre âme toute entière.....
Très-bien ! ne vous dérangez pas.

(*Silence , pendant lequel Apelle s'oublie
en regardant Campaspe.*)

CAMPASPE.

Votre zèle, Seigneur, ne doit pas me surprendre;
Ce portrait est pour Alexandre.....

APELLE.

Alexandre ! grands dieux ! je m'oubliais.

CAMPASPE (*à part*).

Hélas !

Aura-t-il bien la force de se taire !

APELLE.

Madame , dès demain j'aurai fini , je croi.
A mon maître vous êtes chère,
Et hâter son bonheur est un devoir pour moi.
Cependant on dit que votre âme
Dédaigne son hommage et repousse ses vœux?

CAMPASPE.

Il est vrai

APELLE.

Quoi ! ce roi si grand, si généreux !....
Ah ! si vous connaissiez tout l'amour qui l'enflamme,
Vous seriez sensible à ses feux.
(*A part.*) Cruel effort !

CAMPASPE.

Cessez un discours qui m'afflige ;
Il serait superflu, veuillez me l'épargner.

APELLE.

Sa gloire, ses vertus.....

CAMPASPE.

C'en est assez, vous dis-je,
Où vous me forcerez, Seigneur, à m'éloigner.
(*Silence pendant lequel Apelle travaille.*)

SCÈNE VII.

APELLE, CAMPASPE, EUDORE.

EUDORE (*au fond du théâtre.*)

Ils sont seuls ! l'instant est propice.
Prenons bien vîte mon crayon
Et retouchons cet Apollon.
(*Il va se placer derrière le chevalet sur
lequel est posé le portrait d'Alexandre.*)
Ah ! vous me grondez, cher Apelle !
Mon dessin, dites-vous, est froid et peu fidèle !
Oh ! je sais le moyen de vous rendre content ;
Car je m'en vais, dans cet instant,
Bien observer votre figure,
Et dessiner d'après nature
L'expression du sentiment.
Je ne pouvais trouver une meilleure place.
O la charmante invention !
(*Il dessine, et avance de tems en tems la
tête pour regarder Apelle.*)

APELLE.

Madame.... si j'osais.... permettez-moi, de grâce...

CAMPASPE.

Ah ! parlez.

APELLE.

Excusez mon insdiscrétion.

CAMPASPE.

Expliquez-vous.

APELLE.

Le héros qui vous aime
N'a pas obtenu de retour :
On ne peut expliquer cette rigueur extrême
Qu'en supposant qu'un autre amour....

CAMPASPE.

Eh bien ! s'il était vrai?

APELLE (*vivement*).

Vous aimeriez, Madame?
Quelqu'un aurait trouvé le chemin de votre âme?

EUDORE (*à part*).

Ah ! c'est cela !

CAMPASPE.

Que dirai-je, Seigneur !
Vous savez vous-même peut-être ,
Que toujours l'amour parle en maître,
Que de nos vains efforts son pouvoir est vainqueur,
Et que le feu qu'il nous inspire....

APELLE.

Ah ! Madame , long-tems j'ai bravé son empire,
Long-tems ce dieu par moi fut outragé;
Le cruel s'en est bien vengé !
Il m'a rendu , dans ses barbares chaînes,
Le plus malheureux des amans :
Tous mes sentimens sont des peines,
Tous mes désirs sont des tourmens

EUDORE *(à part)*.

De mieux en mieux.

CAMPASPE.

Ah ! mon sort est le vôtre !

APELLE.

Comment ?

CAMPASPE.

Consolons-nous l'un l'autre.
Les chagrins partagés deviennent moins affreux :
Les soins de l'amitié, la tendre confiance,
S'ils ne chassent pas la souffrance,
Versent quelques douceurs au cœur des malheureux.

APELLE.

L'amitié !

EUDORE *(à part)*.

C'est parfait ; la crainte, l'espérance.....

APELLE.

Campaspe !

CAMPASPE.

Apelle !

EUDORE.

Oh ! ma foi, je le tien !

CAMPASPE *(entendant Eudore)*.

Dieux !

APELLE.

Qu'avez-vous ?

EUDORE.

Ne craignez rien,
C'est moi.

APELLE

Ciel !

CAMPASPE.

Dans le trouble qui m'agite
J'en ai trop dit : sortons. (*Elle sort*).

APELLE.

Campaspe !.... elle m'évite !
Elle s'éloigne ! ô tourment inoui !
Bonheur, illusion, tout est évanoui !
Le sort à m'accabler s'obstine.
Mais toi, que fais-tu là ? réponds moi.

EUDORE.

Je dessine.

APELLE.

Tu dessines, dis-tu ! tu dessines !

EUDORE.

Mais oui ;
Et vous serez content, j'en suis sûr.

APELLE.

Misérable !
Campaspe ! ô déstin déporable !
Elle fuit au moment !.... ah ! c'est toi, malheureux,
Toi, dont la fatale présence
Renverse mon bonheur, détruit mon espérance ;
C'est toi qui m'as privé des plus tendres aveux !

Evite ma fureur extrême ;
Quitte cet atelier, va , pars à l'instant même, .
Et ne parais jamais devant mes yeux. *(Il sort)*.

SCÈNE VIII.

EUDORE (*seul*).

Qu'ai-je donc fait pour le mettre en colère?
A suivre ses conseils je donne tous mes soins :
Et quand je m'efforce à lui plaire,
Il ne veut plus me voir ! c'est bien injuste, au moins!
Que devenir? mais non, Apelle
N'aura point l'âme assez cruelle
Pour me renvoyer sans pitié.
Pourra-t-il résister aux prières d'Eudore,
A ses pleurs, à son amitié?
Ah ! j'ai quelqu'espérance encore.
Mais voyons au plutôt et Campaspe et le Roi ,
Et prions les de lui parler pour moi....
Bon !... justement j'aperçois Alexandre ;
Je vais implorer son appui.

SCÈNE IX.

ALEXANDRE , EUDORE.

ALEXANDRE

Déjà sortis !.... je ne saurais comprendre.....

EUDORE (*à part*).

Seigneur.... comment faut-il m'y prendre ?

ALEXANDRE.

C'est toi, mon cher Eudore ?

EUDORE.

Ah ! daignez aujourd'hui.....

ALEXANDRE.

Qui peut causer les pleurs que je te vois répandre !
Qu'as-tu ?

EUDORE.

Seigneur....

ALEXANDRE.

Voyons, explique toi.

EUDORE.

Apelle est fâché contre moi,
Et de cet atelier pour jamais il me chasse.

ALEXANDRE.

Comment donc ?

EUDORE.

Vos désirs pour lui sont une loi;
Veuillez, Seigneur, lui demander ma grâce.

ALEXANDRE.

Apelle te chasse ! et pourquoi?

EUDORE.

Parce que j'étais là derrière.

ALEXANDRE.

Qu'y faisais-tu?

EUDORE.

Je dessinais.

ALEXANDRE.

Si c'est pour ce motif qu'il s'est mis en colère,
Je me charge entre vous de rétablir la paix.

EUDORE.

Oui, Seigneur; il fallait que mon crayon fidèle,
Rendît l'expression, la pose d'un amant
Emporté par le sentiment :
Et je me suis mis là pour observer Apelle,
Qui, sans en rien savoir, me servait de modèle.
Tenez, sur mon dessin, si vous jetiez les yeux,
D'après lui vous pourriez facilement connaître
Si j'ai peint un homme amoureux,
Lorsque j'ai fait le portrait de mon maître.

ALEXANDRE.

Quand l'examinais-tu ?

EUDORE.

Tout à l'heure, en ces lieux,
Lorsque près de Campaspe...

ALEXANDRE

Ah! quel trait de lumière!
Donne, donne.

EUDORE.

Voyez, j'ai réussi j'espère!

ALEXANDRE

C'est ainsi qu'il la regardait?

EUDORE.

Oui vraiment; puis il soupirait;
Il était agité, tremblant, et son visage....

ALEXANDRE.

Grands Dieux ! c'est cet enfant dont la naïveté
Dévoile à mes regards l'affreuse vérité !
Apelle aime Campaspe! Ah! cet indigne outrage!....

(*Il roule avec fureur le dessin entre ses*
mains).

EUDORE.

O ciel ! mon Apollon !.... le voilà tout gâté :
Voyez un peu !

ALEXANDRE.

Les ingrats !

EUDORE.

Un ouvrage
Fait avec tant de soin !

ALEXANDRE.

Parle-moi sans détour.
Il jurait à Campaspe un éternel amour?

EUDORE.

Non.

ALEXANDRE.

Tu me trompes.

EUDORE.

Qui? moi, Seigneur !

ALEXANDRE.

Oui, toi-même....

Allons, rassure-toi, viens, tu sais que je t'aime,
Eudore; en ton esprit rappelle leurs discours.
N'est-il pas vrai, tous deux, dans un délire extrême
Prononçaient le serment de se chérir toujours ?

EUDORE.

Non, je vous assure.

ALEXANDRE.

N'importe .
Il ose l'adorer, c'en est assez pour moi.

EUDORE (*à part*).

D'où naît ce couroux qui l'emporte?
(*Haut*). Daignez vous souvenir, Seigneur...

ALEXANDRE.

Retire toi

EUDORE (*à part*).

Que puis-je donc avoir dit qui l'afflige?
(*Haut*). Mais vous m'aviez promis....

ALEXANDRE.

Retire toi, te dis-je :
Sors.

EUDORE (*en sortant*).

Allons, il se fâche, il me renvoie aussi !
Aujourd'hui tout le monde est en colère ici

SCÈNE X.

ALEXANDRE (*seul*).

Oui, chaque instant éclaire encor mon âme!
V.oila pourquoi mes vœux n'étaient point écoutés.
Tous deux , s'abandonnant à leur coupable flamme,
Ils se jouaient de mes bontés!...
Se peut-il bien qu'Apelle me trahisse!
Ah! s'il est vrai...., si tant de lâcheté!....
Que ce couple odieux frémisse!
Oui, s'ils ont abusé de ma crédulité,
Ils connaîtront ma terrible justice.
Il vient.... contraignons-nous.

SCÈNE XI.

ALEXANDRE, APELLE.

APELLE (*à part*).

C'est le roi, juste Dieux!

ALEXANDRE.

Eh bien donc, ce portrait, l'aurai-je enfin, Apelle?

APELLE.

A l'achever j'apportais tout mon zèle,
Mais Campaspe a quitté ces lieux...

ALEXANDRE.

Je sais que son impatience
Souvent arrête ton pinceau;
Mais enfin aujourd'hui termine ce tableau,
Tant de lenteur me surprend et m'offense..
Je vais te l'envoyer. (*il sort.*)

SCÈNE XII.

APELLE (*seul*).

Ciel! que dois-je penser?
Je ne lui vis jamais un front aussi sévère;
D'où naît ce changement? que peut-il m'annoncer?
Sa voix, ses yeux exprimaient la colère!
Pourrait-il soupçonner.... Hélas!, cette terreur
Est de mon trouble affreux l'effet inévitable!
Oui, tel est le sort d'un coupable :
Il pense que chacun lit au fond de son cœur,
Et pour lui tout mortel est un accusateur!....
Ah! l'avenir m'effraie, et le présent m'accable !
Que résoudre, grands Dieux! Campaspe va venir,
Il faut qu'ici je la revoie;
Et cependant mon cœur ne peut plus contenir
L'amour brûlant auquel il est en proie!

Tout se réunit contre moi,
De mon amour tout est complice :
Mon cœur, et les Dieux et le Roi
M'entraînent dans le précipice.
Et toi, cause de mon malheur,
Qui seule as fait mon crime et mon délire,
Campaspe, dans tes yeux si les miens ont su lire,
Tu compâtis à ma douleur....

(Regardant son portrait.)

Mais trop long-tems cette insensible image
Fut témoin de mes sentimens,
Vit mes transports, entendit mes sermens ;
C'est à toi qu'est dû mon hommage !....
Oui, quoi qu'il en puisse avenir,
C'est trop céler le feu qui me dévore ;
Tu vas connaître à quel point je t'adore,
Dût le ciel irrité dans l'instant me punir !

SCÈNE XIII.

APELLE, CAMPASPE (*qui entre à la fin du monologue.*).

CAMPASPE.

Qu'entends-je ?

APELLE.

O ciel ! c'est vous, madame !

CAMPASPE.

En ce moment vos esprits égarés...,

APELLE.

Connaissez donc enfin toute mon âme !

CAMPASPE.

Je dois vous fuir.

APELLE.

Non, demeurez.

CAMPASPE.

Apelle !

APELLE.

Il n'est plus tems de feindre ;
Dans l'état où je suis que puis-je avoir à craindre ?
Je vous aime, Campaspe ! ah ! souffrez que ma voix,
S'affranchissant d'une contrainte extrême,
Vous le répète mille fois.
Oui, je vous aime, je vous aime ;
Oui, cet amour qu'en vos yeux j'ai puisé,
Ce feu dont je suis embrâsé,
Ce sentiment que rien ne peut réduire
A triomphé de mes remords,
Et s'est accru par les efforts
Que j'ai tentés pour le détruire.
Un désir inquiet en tous lieux me poursuit ;
Le travail m'importune et le repos me fuit
L'amour est tout pour moi, c'est lui seul qui m'inspire,
C'est par lui que je sens, par lui que je respire,
Il fait tous mes plaisirs, il cause tous mes maux,
Il dicte mes discours, il conduit mes pinceaux.

Mon âme n'est plus enflammée
Du désir de la renommée;
Son vain éclat ne peut plus m'enivrer.
Vous seule maintenant réglez mes destinées;
Penser à vous, vous voir, vous adorer,
Tel est l'emploi de toutes mes journées.

CAMPASPE.

A cet égarement osez-vous vous livrer?
Oubliez-vous....

APELLE.

Je sais que le roi vous adore,
Qu'il mérite un tendre retour,
Que je suis indigne en ce jour
De l'amitié dont il m'honore :
Je me déteste, je m'abhorre;
Mais je ne puis étouffer mon amour.

CAMPASPE.

Que dites-vous? quel délire est le vôtre?
Apelle, remettez votre esprit agité.
Cet imprudent aveu, que j'ai tant redouté,
Va, je le sens, nous perdre l'un et l'autre.
Ah! pourquoi votre voix m'a-t-elle révélé
Ce que jamais elle n'eût dû m'apprendre?
Votre trouble, vos yeux m'avaient déjà parlé,
Et je n'avais, hélas! que trop su vous entendre!

APELLE.

Dieux! il se pourrait!

CAMPASPE.

Eh ! comment
Aurais-je de l'amour méconnu le langage?
On devine facilement
Le sentiment que l'on partage.

APELLE.

Ah! du sort ennemi je ne crains plus les coups;
De joie et de bonheur mon âme est enivrée!
Je vous chéris, je suis aimé de vous.....

CAMPASPE.

Le roi!.... grands dieux! sa perte est assurée.

SCÈNE XIV.

ALEXANDRE, APELLE, CAMPASPE.

ALEXANDRE.

Vous vous taisez et détournez les yeux,
Madame. A mon aspect pourquoi donc vous contraindre?
Et devant moi devez-vous craindre
De laisser éclater vos feux?

APELLE.

Oui, j'ai trop mérité votre juste colère.....
Vengez-vous ! punissez un amour téméraire.....

ALEXANDRE.

Me trahir ! me jouer avec indignité !
Tendre ce piége horrible à ma crédulité !
Hélas ! par l'amitié je me laissais conduire ;
Pour lui mon cœur n'avait point de secrets :
Commettant à sa foi mes plus chers intérêts,
De mes tourmens j'étais venu l'instruire ;
Et lorsque de ses soins j'attendais le succès,
  Il employait à la séduire
  Les momens que je lui laissais !
 Ah ! combien cette amour te deviendra fatale !
Ingrat ! pour te punir autant que je le doi,
  Je veux que ma vengeance égale
  L amitié que j'avais pour toi.

CAMPASPE.

Non, seigneur, non ; c'est moi qui seule suis coupable.
Apelle, d'un forfait n'eût point été capable ;
  Il chérissait son maître et la vertu.
Ce feu qui vous irrite, il l'avait combattu :
  Il en eût triomphé peut-être ;
  Mais à ses yeux j'ai fait paraître
  Le secret qu'enfermait mon cœur.
C'est moi qui l'ai contraint d'avouer son ardeur.
Égaré, n'écoutant qu'une aveugle espérance,
  Il s'est expliqué sans détour.
  Pouvait-il garder le silence,
  Lorsqu'il était certain d'avance
  D'obtenir un tendre retour ?
Ah ! respectez en lui les vertus, le génie.
  Que votre vengeance, en ce jour,

Sur moi seule soit assouvie !
Si vous voulez punir les fautes de l'amour ,
C'est moi qui dois perdre la vie.

APELLE.

Campaspe !

ALEXANDRE.

Ah ! vous le trahissez ;
Vous augmentez son crime en prenant sa défense.
Rien ne peut me fléchir : vous l'aimez, c'est assez ;
Votre bouche elle-même a dicté sa sentence.

SCÈNE XV ET DERNIÈRE.

ALEXANDRE, APELLE, CAMPASPE, EUDORE.

EUDORE (*qui est entré dans le courant de la scène*
précédente).

Seigneur, j'embrasse vos genoux !
Accordez-moi la grâce de mon maître.

ALEXANDRE.

Jamais.

EUDORE.

Son cœur n'a pu vous méconnaître ;
Pardonnez-lui.

CAMPASPE.

Laissez fléchir votre courroux.

ALEXANDRE.

Un ingrat !

EUDORE.

Non, Seigneur, soyez sûr qu'il vous aime ;
Et chaque jour son plaisir le plus doux
Est de m'inspirer à moi-même
Les sentimens qu'il a pour vous.
(*Alexandre jette un regard d'indignation
sur Apelle.*)
Ah ! seigneur, vous pouvez m'en croire.
De vos exploits il me trace l'histoire :
Il m'apprend à connaître, à chérir vos vertus ;
Vous offre à mes regards soulageant la misère
Des ennemis à vos pieds abattus,
Et me dit qu'oubliant d'abord votre colère,
Vous pardonnez aux rois que vous avez vaincus.
Ah ! puisque votre âme est si belle,
Quel espoir ne m'est pas permis !
Non, celui qui pardonne à tous ses ennemis
Ne voudra pas punir Apelle.

ALEXANDRE.

Quand il m'ose outrager ! quand tout ici m'apprend
A quel coupable espoir son âme s'est ouverte !

EUDORE.

Aimer Campaspe, est-ce un crime si grand ?

ALEXANDRE.

Malheureux !

EUDORE (*se jetant dans les bras d'Apelle*).
Ah ! c'est moi qui cause votre perte !

CAMPASPE.

Eh bien ! punissez notre amour.
A vous fléchir je ne dois plus prétendre ;
Je le vois trop, la colère en ce jour
Commande seule au grand cœur d'Alexandre.
Montrez donc à la terre un monarque, un héros,
Le vainqueur d'Issus et d'Arbelle,
Flétrissant ses vertus et ses nobles travaux
Par une vengeance cruelle.
Oui, seigneur, je chéris Apelle ;
Ne tardez plus à l'en punir ;
Mais jamais les lauriers que donne la victoire
Ne pourront rendre à votre gloire
L'éclat que vous allez ternir.
D'Apelle condamné la funeste mémoire
Va s'attacher à votre souvenir.

(Montrant le portrait d'Alexandre)

Que dis-je ? à chaque instant cet immortel ouvrage
Rappellera le sort de son auteur ;
Aux yeux des peuples d'âge en âge
Il sera votre accusateur.
Oui, cette œuvre de son génie
Doit le venger de tant de cruauté,
Et devenir chez la postérité
Un monument de votre barbarie.

APELLE.

Non, madame ; ces traits transmis par mes pinceaux,
Si l'avenir est équitable,
Rapelleront combien je fus coupable
Envers le plus grand des héros.

Partout, en lisant son histoire,
En admirant ses vertus et sa gloire,
On le plaindra d'avoir été trahi
Par celui qu'il daignait appeler son ami.

ALEXANDRE.

Funeste amour, voilà donc ton ouvrage !
Tu renverses ma gloire et détruis mon repos !
Et vous, Athéniens, vous de qui le suffrage
Etait l'espoir de mon courage,
L'unique but de mes travaux,
Que direz-vous quand des récits nouveaux
Vous auront appris qu'Alexandre,
Maître des nations, est esclave en sa cour ;
Que de ses passions il n'a pu se défendre,
Et qu'il est le jouet d'un tyrannique amour ?
Ah ! ce penser m'accable !.... il me rend à moi-même !
Effaçons mon erreur par un noble retour :
La vertu se taisait, qu'elle parle à son tour ;
Et d'un laurier nouveau, parons mon diadême.
En vain d'un feu cruel je me sens consumer ;
Le triomphe est plus beau, plus l'effort est pénible :
Non, il n'est pas pour moi de victoire impossible !.....
Apelle, tu vivras, tu vivras pour m'aimer.

APELLE.

Qu'entends-je !

CAMPASPE.

O prince magnanime !

APELLE.

Vous pourriez oublier mon crime ?

ALEXANDRE.

Ne m'en parle jamais!

EUDORE.

Oh! que je suis content!

CAMPASPE.

Cœur généreux!

APELLE.

Vertu sublime!

ALEXANDRE.

Ah! c'est trop différer, que l'hymen à l'instant
Couronne sous mes yeux l'ardeur qui vous anime.
Oubliez tous vos maux dans de si doux liens,
Soyez heureux.

APELLE et CAMPASPE.

Seigneur!......

ALEXANDRE.

Athéniens,
Je suis encor digne de votre estime!

C. BALLARD, IMPRIMEUR DU ROI,
RUE J.-J. ROUSSEAU, N°. 8.